KB089646

기적 수업

황금알 시인선 126

기적 수업

초판발행일 | 2016년 4월 19일
2쇄 발행일 | 2016년 12월 7일

지은이 | 신승철
펴낸곳 | 도서출판 황금알
펴낸이 | 金永馥
선정위원 | 김영승 · 마종기 · 유안진 · 이수익
주간 | 김영탁
편집실장 | 조경숙
표지디자인 | 칼라박스
주소 | 03088 서울시 종로구 이화장2길 29-3, 104호(동숭동, 청기와빌라2차)
물류센타(직송 · 반품) | 100-272 서울시 중구 필동2가 124-6 1F
전화 | 02)2275-9171
팩스 | 02)2275-9172
이메일 | tibet21@hanmail.net
홈페이지 | http://goldegg21.com
출판등록 | 2003년 03월 26일(제300-2003-230호)

ⓒ2016 신승철 & Gold Egg Publishing Company Printed in Korea

ISBN 979-11-86547-32-8-03810

기적 수업

신승철 시집

황금알

독백 같은 시로 보일 것이다.

앞뒤 가릴 것 없이 허술하기 짝이 없다.

말의 무덤들을 만들어 놓고서는, 한동안

빈 말마저 꺼내기 어렵다던 그 놈이,

그 도둑놈이, 도둑 아닌 척하며,

요즘도 세상 뻔뻔하게 지내고 있음이다.

북한산을 우러르며

신승철

차 례

병 · 8

기적 수업 · 22

어둠 속에서 · 42

오케이 · 56

설산雪山에 올라 · 79

시작노트 | 신승철
기적을 통한 수업 · 113

병

— 보살은 본래 병이 없으나 중생이 병들기 때문에
보살도 병이 든다. – 유마거사

1.

다른 이유가 있겠는가. 세상에 빚을 진 까닭에, 병을 얻은 것이다. 실은 병을 얻고 보니 세상에 빚졌음을 알게 된 것이다. 오늘에야 몸과 마음이 고생 끝에 얻은 완벽한 병임을 알려주고 있다.

비록 천명天命으로 주어진 병이라 해도 이 병으로 죽음을 맞기 전에 이 자가 진 빚을 다 갚고 가야 마땅한 도리일 게다. 그러나 이 빚 갚기도 전에 죽음이 먼저 도래할까, 다만 그것이 염려스럽다는 것이다.

날은 어두워지고 몸도 추스르기 어려운 이때, 이 빚 갚겠다고 애를 쓴다는 일이 한편으론 부질없는 욕심을 부림만 같아 민망스럽기까지 하다. 약간의 여력이 남아 그렇게 나섬이 흡사 광대놀이를 하는 것 같기도 하다. 혹여 남에게 우스운 꼴로 보일까, 멀리서부터 이 자의 움직임은 조심스럽기만 하다.

2.

　스스로 타이를 때가 있다. 속죄의 길은 이 병에서 낫는 일이라고 하나 아무쪼록 이 병 앓음에서 벗어나려 함에 더뎌지거나 빠르게 되거나를 염려해서는 안 된다고 이른다. 다만 차곡차곡 생각나는 대로 때론 정성껏 이자는 앓고 있는 일을, 그리고 지나갈 죽음에 대해서도 앓고 있지 않는 마음으로 시시각각 집중을 하는 일 밖에 없다.

　해야 할 일은 산적해 있으나 마땅히 해야 할 일은 없으므로 아직도 남아있는 붉은 힘들을 빼는 일에나 공을 들인다. 공을 들이지 않아도 산산이 부서져야 할 몸들이다. 몸들이 부서지면서 비천飛天하는 몸들을 상상도 해본다.

　몸이 아프다면 과연 어디까지 그 무엇의 아픔으로 남겠는가. 이 앓음에는 어떤 보상도 따를 리 만무하다. 참되게 부서지는 아픔의 그 날까지 참된 기다림이 있어야겠지. 감사를 모르는 몸이지만 한순간, 몸에게 그동안의 노고에 감사의 뜻을 전했다.

3.

더는 몸값만으로 이 빚을 갚을 수가 없는 처지라 하면, 그땐 할 수 없이 남아 있던 조상의 빚까지 남은 빚 모두를 하늘에 맡겨버릴 밖에 없다. 자업자득인 병이긴 하나 감당할 만큼 이 몸이 정성껏 감당해왔다. 말을 아낀 끝에 말을 하지 못한 입장도 있겠다. 하나 이 모든 사실을 하늘은 알고 있다. 이 병과 이 몸은 세상 그 어느 곳에 감추려 해도 감출 수가 없다. 참으로 누구에게 의지할 것도 없이 병은 때가 되어 이렇게 저절로 익어 드러남이니 그 누구의 병도 아닌 셈이다. 나머지의 생 역시 이 자의 몫일 리 없다.

모든 빚은 그렇게 하늘에 온전히 맡김이 최선일 게다. 달리 도모할 방도가 있겠는가. 대명천지의 세상이라 하지만 그 어디에서 자신을 찾을 수가 있단 말인가. 어리

석은 일이다. 아주 곡진하게 이 몸이 하늘을 향해 온전히 헌신함과 용기를 내어 이 몸 포기를 하는 공부를 다하는 가운데, 한 인간 죽음에 이르러서도 떳떳하게 서고 싶은 것이다.

4.

숲 속에는 모두가 하나가 되어 살고 있다. 숲 속에는 벌거벗은 군상들이 함께 어울려 살고 있다. 서로가 빚을 지고 있어도 빚지고 있음을 잊고 산다.

실상 우리는 이생에 진 빚을 온전히 다 갚지는 못했다고 여겼을지라도 안팎으로 감출 일도 없거니와 부끄러워할 일도 없는 것이다. 모든 빚은 언젠가 다 깨끗이 청산되고야 말 그런 빚들이기 때문이다.

알다시피 어떤 빚이든 어느 때, 일시에 소멸될 운명에 처해 있다. 때가 되면 아래로부터이건 위로부터이건 몸의 좌우 어느 곳으로부터 든 일단 한 곳에서 불이 지펴

지기 시작하면 그 불로 인해 곧 소멸하고야 말, 그런 빛
들이다. 소멸될 빛을 보고, 소멸될 빛의 성질도 보며, 그
빛의 소멸을 즐거이 받아들이게 될 것이다.

　몸을 떠나 하늘로 돌아갈 즈음 그런 은총이 누구에게
나 오리라. 저 멀리, 바람 따라 뜻도 모르고 흔들리는 거
방진 한 그루 느티나무도 그렇게 믿고 있다. 저 느티나
무는 천 년을 살았어도 순간, 순간에 빛의 은총이 내려
져 왔음을 알아 그 힘으로 그렇게 넉넉히 버티며 지내져
왔던 것이다.

　5.

　돌이켜 보니, 이생에서 어느 때 빚을 갚았다고 잠시
안도의 숨을 내쉬었을 때는 때마침 어디서 빌릴 우산이
있어 잠시 비를 피했던 정도였으리라. 만약에 빌릴 우산
마저 없고 내리는 소낙비를 대책 없이 맞아야만 할 그런
상황이었더라면, 필경 그 비를 온전히 온몸으로 흠뻑 맞

을밖에 다른 방책이 없는 것이다.

우산 있음도 옳은 일이고, 우산 없어 흠뻑 비 맞음의 일도 옳은 일이다. 빛 없는 마음에서 보면 빛이란 다만 빛이 있어 곧 빛일 뿐이었다. 만약에 누가 이 자에게 옳지 않음을 일렀다면, 그것은 옳지 않음의 생각에서 곧 옳지 않음이었다.

6.

세상에 너무도 많은 빛을 진 일로 이 자가 병을 얻었음은 두루 알려진 사실이다. 그렇지 않아도 병 앓음을 이 자는 이미 순순히 받아들이고 있었다. 고생도 아닌 고생이었지만 고생을 단지 고생으로서 순순히 받아들이고 있었다.

지난날 병을 앓으며 간간이 치렀던 후회나 참회는 값 없는 죄의 몸짓에 불과했다. 이 우주의 도리가 그럴 것이다. 공짜가 없는 것이다. 이 자도 알게 모르게 그 도에 충실히 따랐다.

병을 앓음은 이 자에게 하나의 진실이었다. 하지만 병을 앓음은 이 자에게 하나의 구실이요, 허구이기도 했다. 이 자는 그 도에 충실히 따랐다.

7.

병을 앓고 있는 이들이여, 병 앓음 여기에 무슨 덧셈이나 뺄셈이나 곱셈이나 나눗셈이 있을 리 없다. 맨정신에 그대의 병들은 지금도 아무 곳에서나 누워있다. 그렇게 병이 있어야 할 자리에 병들이 누워있어야 자타가 편해진다. 내가 있든, 없든 그렇게 돌아가야 이 우주의 속이 편해진다. 음식 소화가 잘되면, 속이 편하다는 생각도 없이 속이 편한 것처럼 말이다.

8.

그러므로 어느 경우엔 차라리 병이 치유되기를 바라지

말고, 그대로 내버려 둠이 온당한 처사이리라. 이 병으로 이 몸을 온전히 썩혀야 비로소 이 병에서 낫게 될 것이다. 이 병으로 온전히 썩음을 겪어봐야 이생을 조금이나마 알게 될 것이다.

지난가을 서리가 되어 내린 하얀 참회를 쓸쓸히 목도한 바 있다. 이른 봄 썩어 거름 진 토양에서 새싹이 올라올 때 새파란 침묵이 온 대지를 풍요롭게 하는 것을 목도한 바 있다. 이 풍요의 침묵이야말로 대지의 든든한 기반이다.

9.

병이 있어 병 없음도 있게 된 것이고, 빛이 있어 빛 없음도 있게 된 것이다. 병 앓음으로 인해 그대는 뜻깊은 참회도 하게 될 시간을 얻었던 것이고 병을 앓던 어두운 몸에서 섬광처럼 새어 나온 한 줄기 빛도 볼 수가 있었다. 이런 기적 말고 다른 기적이 또 어디에 있겠는가.

이것은 빚 있고, 없고의 문제가 아니었다. 단지 빛 있고, 없고의 문제일 뿐이었다. 그대는 이 몸을 넘어 하나뿐인 평화가 기다리고 있음을 안온한 마음으로 체감도 했을 것이다. 이 체감의 온도는 뜨겁지도 차갑지도 않으나 뜨거울 때 뜨겁고 차가울 때 차가운, 평상심의 체감 온도일 뿐이었다. 그대는 이것을 열이 없는 무한 에너지라 부르고 있는가. 아무도 알아내기가 어렵다.

10.

어느 날 이 자의 안 세상을 들여다보니 세상에는 온갖 병으로 제각각 혼자만 앓고 있다는 불만의 목소리가 가득하다. 만신창이가 된 몸들은 고질적인, 심각한 병으로 몹시도 괴로워하고 있다. 몸에 대한 두려움에서 떠나질 못하고 있다.

이 자는 눈이 어두워 그 앓음, 앓음의 내역을 읽어내

기가 몹시 힘들다. 그 앓음, 앓음이란 것이 때론 아주 모호하게만 보인다. 이 자에게 묻는다. 몸 스스로가 무엇을 알겠는가. 몸 주인이 따로 있어 그 주인이 앓고 있다는 소리인가. 다시 뇌에게도 묻는다. 그러나 뇌 스스로는 말을 건넬 줄도 모른다. 앓음의 원천을 알아내기가 매우 어려웠다. 앓음을 단지 앓음으로만 내버려두고 지낼 때가 차라리 속 편했다. 깊은 잠 속에선 앓음을 잊을 수 있었고 깨어서도 수시로 그 앓음, 앓음을 수수방관할 수밖에 없었지만 그렇다고 이 자가 죽음을 두려워했던 일은 없다.

11.

꽃이 시들면 향기도 사라지는 법 아닌가. 이내 향기가 사라져감에 세상에 없는 그 주인을 찾겠다고 나선다면 일은 더욱 난감해지고 갈수록 길은 더 막막해지고야 만다. 그러나 만신창이가 된 몸들이어도 묘하게도 꽃들의 향기는 상기 남아 있다.

생면부지의 그는 알고 있다. 그는 알면서도 앓고 있는 중이다.

12.

역사를 반추해볼 것도 없이 이 앓음의 뿌리는 아주 오래된 것이다. 몸속 여러 뿌리들이 갚을 길 없는 빚 때문에 오랫동안 헤매다가 주저앉아 울기도 했지만, 종국에 뿌리들은 그 힘을 잃고 파산을 해버리고만 결과다.

정녕 혼자만의 빚을 안고 앓았던 생은 아니었다. 역사를 알지 못해도 모든 역사는 그의 역사이기도 했다. 병을 앓으며 전전긍긍하던 그가 어느 날 문득 손을 놓고 할 말이 없어진 이유일 것이다.

13.

이 숙명을, 이 몸의 업보를 고스란히 제 것으로 받아
들인다. 빚이 있다 함은 빚을 진 자의 몫일 뿐이다. 갚을
필요도 없는 빚이다. 갚아야 할 빚은 이미 다 갚아져 있
었다.

한가한 사람은 제 병 아닌 병까지, 한 국토의 병까지
앓아 때로는 공공연하게 공분을 드러내기도 하고, 정의
를 내세우기도 하며, 사랑하라며 대신 사랑을 앓기도 한
다.

14.

참으로 한가한 사람은 하늘의 은총에 대한 보은으로,
그렇듯 완전하게 앓는 법을 손수 찾아 나선다. 크나큰
병치레를 통해 병으로부터 완전히 벗어났음이니 병에
대한 영구적 면역을 얻기도 해서일 것이다. 희생도 아닌

자기희생의 앓음을 온전히 감수함으로써 그는 완전에
협력했을 것이다. 그는 자기를 잃고 이내 빛 속으로 사
라져버렸다. 이제 지상에서는 그의 자취마저 찾을 수가
없다.

15.

온다는 사람은 온다는 소식도 없이 옴이요, 간다는 사
람은 간다는 소식도 없이 가고야 맘이다. 안팎으로 병
앓음이 있어 이 자는 스스로가 있음을 알아챘던 것이고
또한 앓는 가운데 앓는 일이 없어, 마음 편히 떠날 수가
있었던 것이다.

16.

오월, 길가에는 붉은 장미꽃들이 만발해 있다. 여기
보는 자가 있든, 없든, 제 자신을 위한 꽃들은 각기 만

갈래로 뻗어나 있다. 아무도 없으나 모든 이가 알고 있는 하나의 생명이, 사계절 제 자리에서 붙박이처럼 그러나 오늘은 게으른 제 향기에 취해, 제 몸을 떠나 영원을 향해 살아져 가고 있다. 이 자는 죽은 지 이미 오래됐다.

기적 수업

다른 모든 것은 그대가 꾸고 있는 악몽일 뿐, 존재하지 않는다.
 — 「기적 수업」 중에서

아무튼 이 사람들은 진짜가 아니니까요.
그들은 단지 내 마음속에 들어 있는 것들의 상징일 뿐이지요.
 — 개리 레너드

못 배운 사람
혹은 잘난 사람
억울한 사람, 가난한 사람
분별을 잃고 헤매는 사람
돈 많다고, 힘 있다고
잘난 척하는 사람

평평해질 때까지

그대들이
내 마음속에서
나무처럼, 풀처럼
의자처럼
편안해질 때까지

이윽고 그대들이

이 의식 속에 모두 들어와
함께 하나의 삶이 되고
산과 들, 강물과 더불어

하늘 아래
그대들이 나와 함께
하나의 대지가 될 때까지
하나의 꿈으로 완성될 때까지
우리 모두는 함께 기다려야 한다네.

왜냐하면 그대들이 바로 나인 까닭에
내가 바로 그대들인 까닭에

아주 먼 곳에서 보자면
우리들은 모두가 똑같아
사진에서나 그림에서처럼
아주 가까이서 보더라도
들판과 숲이, 산과 바다가
남자와 여자가, 아이와 어른이

그 모두가
하나로서 평평하게만 보여

서로가 둘이 아닌 까닭에
둘이, 셋이 하나로서 어울려져 있는 까닭에

그러나 평화롭게,
단지 평평해 보이기만 하는 마음도
살다 보면 돌부리에 걸려 넘어져,
팔다리에 아픔을 느끼게 될 때도 있고
또는 중병에라도 걸리면
행여 불평등하다며, 불평도 하고
때론 속절없이 그 아픔에, 외로움에
징징댈 수도 있느니

사람은
간혹 제 감관感官의 오해로 인해
위험한 전선 다발인,
뇌의 오작동으로 인해

또 실수와 무지로 인해
평평해진 그 마음이
간혹 힘들어할 수도 있어서다.

그러나 공을 들여
주의 깊게, 사려하며
우리,
함부로 평평해지려 하는
오만한 그 마음의 싹, 없어질 때까지
자기 만족만을 따르려 하는
모자란 그 마음마저도 삭아질 때까지
기다리며

평평해지기를 바라며,
평평한 그 땅 위에서
내가, 그대들이
아무런 방어를 함이 없이
쾌활하게, 단순하게

어린아이처럼 뛰놀 수 있다면

영혼은 봄날, 어느 햇볕 아래에서도
노오란 개나리꽃이나
하얀 수국 또는 붉은 철쭉꽃으로
여기저기 다툼을 하여 피어날 수 있으리.

자유란 한가한 어떤 것일 뿐이고,
평화란 무심한 생명의 기운 같은 것이고
정의란 물소리처럼
힘차게 느껴지는 아름다운 관념 같은 것임도
자연스레 알아차리게 되리.

쾌활하게 부딪히다, 부서지는 물처럼
변두리를 흔쾌히 적시며 지나는 물처럼
그런 삶이, 내게, 우리에게
마치 불 속에 핀 연꽃처럼
다가오기라도 한다면

오, 그러면
누가 누구에게 죄를 지었다느니,
누가 누구를 용서한다느니
누가 누구와 비교를 하는 말들은
옹색하고, 아주 어색해
외려 남우세스러운 말이 되리.

평평해진 그 땅 위에서
무지개 너머를 바라보는
어린아이처럼 살 수 있다면
적어도 제자리에서 햇빛과 바람만의 기운으로
저 미루나무처럼 싱싱하게 살아갈 수 있다면

사람들은 그간 인위적으로 만든,
가치 있는 것들의
가치 없음을 알게 되고
자동인형처럼 반응했던
감정들, 생각들, 개념들을 우스운 걸로 알게 되리.
이제껏 해 왔던 일들 가운데

이렇다 내세울 만한 것,
하나도 없을 것이며,

살펴보니 남아 있는 것이라야
도무지 아무것도 아님을 알 뿐이니,
스스로를 찾아다닐 일도 없어지리라.

세상일은 알아서, 모두가 자발적으로
그렇게, 그렇게 돌아가고 있을 뿐임도
저절로 알게 됨이라.

그러므로 여기, 여분의 내가 할 일은
살아지면서 어떤 목적을 위한 행위도
내가 한 바 없었음을
분명히 배워야 할 것이며,
헛것을 보고는 그에 따라 헛소리처럼
따라 말하거나
화를 내야 할 이유도 없음이다.

또한 홀로 가는 그 길 위에서
혹여 미워하는 대상을 만나거든
미워한다는 마음속
그 대상이 없어질 때까지

용서하고, 용서하며, 어찌 되나,
이를 뚜렷이 지켜보고
미워하는 그 마음 즐거이 내려놓기를,
예禮로 삼을 것이다.

그리고 설령 사랑하는 대상이 가까이 다가와도
사랑한다는 그 마음의 대상이
정말로 무엇인지,
그 애착의 마음을 멀리서, 가까이서 용서하고,
용서하며, 어찌 되나,
다시 고요한 그 마음 자리에서
이를 뚜렷이 지켜봐야 하는 것이다.

알다시피 일찍이 나는

존재한 적이 없었기 때문이고
일찍이 존재하는 것처럼만 보여 왔기 때문에,
그리고 일찍이 그대들 역시 존재한 적이 없었고
일찍이 존재하는 것처럼만 보여 왔기 때문에,

내 것 아닌 것을 내 것으로 삼는 일에
도둑처럼 길들어, 이제
그러한 마음들이 모두
어리석은 마음임을 알아서인 것이다.

비록 환幻의 마음이나
이 마음에 오가는 일들,
안에서의 일들이 밖의 일과 다르지 않고,
밖에서의 일들이
안에서의 일과 다르지 않아

내 스스로
이를 주시하는 일에 늘 게으르지 말아야 한다.

그리하여 나라고 하는 나는
말 속에 잠겨 있는 이 가짜의 삶 너머,
이 삶을 끌고 가는
상징들의 속임수들 넘어,
침묵과 고요 속에 머물며
이 몸을 떠나 마음 구경하면서,
스스로 돌아가는 이 우주에 대해
일상의 옷들을 빨래하듯
심심한 참구를 하는 일이
나날의 일과日課로 마땅하리라.

또 마땅한 이치라면
떠오르는 대로 세상의 부나 권세 같은 것들은
능히 경멸하고,
출세욕, 명예욕이 바로 나의 무지에서
비롯됨을 알아, 돌아가는 대로
이들을 마치 돌처럼, 물처럼 돌봐야 하리.

외로운 날이면 외로움을 벗 삼아

별밭을 우러르며 그대들과 더불어

사랑 저 너머를 응시하면서
이 세상과 더불어
이 의식 속에 고요히 소요한다.

저기 저 투명한 어둠 속에서
박하향의 은하 속을 흐르는
사랑이라 하는 무한의 빛과

모든 존재에 두루 존재하는
생명이라 하는
순수한 기운의 축복 속에서
마땅히 우리 모두
이것과 하나가 되기 위해
자발적으로, 천연적으로
그 하나가 됨을
스스로 찬탄하면서 나는
속으로 이 빛나는 의식을 노래한다.

오로지 우리는 참 실재實在 안에서
아무런 두려움 없이,
아무런 조건 없이

신神에게 헌신하는 일이
우리의 본래 본성임을 받아들인다.

– 시간은 있으니까, 시간은 있으니까
　 길을 걷는 동안에도
　 커피를 마시는 동안에도
　 한밤중 꿈속에서도,
　 틈틈이 이를 익혀
　 우리 함께 그곳으로 가야 하리.

　 우리 함께,
　 그곳으로
　 가야 하리.

먼저, 각자의 나는 이 육신에 깃든
헛된 마음을 버리기로, 눈물로 다짐하고
자유 의지로,
지, 수, 화, 풍, 공으로 버무려진 이 환영의
나를 있는 그대로 받아들여,

동시에 가없는 나를,
그 순수한 의지로 스스로에게
은일하게, 찬연히 드러낸다.

생각건대, 우리가 자주
그런 '나'를 잃어버리게라도 된다면

어느 날인가부터 나 아닌 것들은
마치 단풍든 나뭇잎들이 바람에
모두 훌훌 날아가 버리듯
다 떨어져 나가 버려
맑고, 밝아진 그 모습에
절로 미소가 묻어나올 것이다.

이제 나를 내버려 두기로 한다.
이 마음 저 깊은 곳에서 떠오르는 대로
다가오는 것들의 꿈 같은 영상들

오거든, 오는 대로
이름하여, 마귀들,
갈 곳 모르는 영혼의 거지들,
울고 있거나, 웃고 있거나,
저항하는
욕망에 아직도 배가 고픈 망자들,

방황하는 조상祖上들의 혼까지,
오시거든 이 마음속에 모셔 놓고 나는
앞의 백지 위에
마음대로 제 그림들을 그려 보라 한다.
마음대로 제 세상을 꿈꿔 보라 말한다.

보이는가. 상상하고 있는 것인가.

그 소란스러운 그리움들 속에
남는 것은
아무것도 없다, 없지만
나는 술에 취한 듯, 시간 위에서
저 영원의 빛을 향해
눈빛만으로도 넉넉한
사랑의 춤을 추고 싶은 것이다.

지금도 여전히
그대들이 바로 나인 까닭에
내가 바로 그대들인 까닭에

그리고 이 사랑의 춤은 보는 자와
보이는 자가 같기에
하나의 춤은 모두의 춤인 것이다.

비록 지금은 우리 각자 마음이
삶과 죽음이 별개인 것처럼,
서로가 별개의 존재인 것으로

잠시 그렇게 느낄지는 몰라도

마음은 잠시 하나에서 둘로,
셋, 넷, 다섯으로 갈라졌을 뿐
단지 그것은 겉의 현상일 뿐,

결국 여럿에서 하나로의 귀결은
하늘의 본성인지라

우리 마음의 낙서들을
지우개로 지우면
깨끗이 드러나는 백지처럼
결코 하나도 어려운 일이 아닌 것이다.

– 어찌 됐든 아직은 우리
  시간이 있으니까, 시간은 있으니까
  나를 놓고, 그대를 놓고
  벽을 허문
  이 멋진 무대 위에서

살아 숨쉬는 신神의,
영광을 위해
마음놓고, 제멋대로
한바탕 그렇게 살아지이다.

우리의 이 배움의 학교에선
이 마음에 보배롭다고 여겨졌던 것들의
무상無常함을 깨달아,
이를 복습하고, 실험도 하면서
이 무상함을 철저히 깨달은 뒤

이 무상함이 가슴속을 아무 거리낌 없이
통과하도록,
잘 익혀야 하는 것이 우리의 숙제.

그리하여 점차 마음에 드리워진 그림자들이
사라지면, 사라질수록
육신이 아주 텅 비워지면서
마음 또한 텅 비워지면서

말할 수 없는 고요가

아늑하고, 또렷하게
온 누리에
다시 살아나는 기쁨이

우리의 원천의
본래 마음임을 터득하게 되리라.

생각해 보라.
이 삶의 환영幻影이 사라진 자리,
아무런 두려움도 없을진대
여기에 무슨 죽음이며, 업보며,
영혼이며, 윤회 같은 게 있을손가.

오늘 나는 조용히
네게 묻는다.

인적 없는 어느 외진 골목길 걷다가
홀연 이를 앞에 이르러
사방 은은한 빛 속에 조용히
벅차오르는 그 기쁨에
나 홀로 눈물 글썽일 제,

지금 이 시각
이거야말로,
은총이며 살아생전의 기적,
아니겠는가.

빈방에 돌아와
긴 침묵 속에 앉아
고개 숙여 두 손 모아
몇 번이고 그대에게 경배드린다.

– 아무런 이해理解도 없고
　많고 많은 사람들 가운데
　아무런 사람도 없고

무한의 빛들이 창창히 쏟아져 내리는,
순진무구하고,
완벽한 이 세상,

세상이 상서로운 꿈만 같고
이 꿈에서 깨어나도
나를 아무 데서도 찾을 수 없는데

과연 그 누가 있어
살아 숨 쉬는 이 거대한 침묵 속에서

그 누가,
그대에게 감사에, 감사를 더하는
경배를 드리고 있는가.

어둠 속에서

무수한 별들
이들을 둘러싼 이 우주의
장대한, 끝 모를 어둠

이 적막함에 외로워
초신성의 어느 별은 스스로
분신焚身을 한단다.

어느 은하에선 별들이
운명처럼 사라져 가고,
우주의 굿거리인 듯
매직 쇼를 선보이며
새로운 별이 태어나기도 한다.

어마어마한 식욕의 블랙홀,
보이는 이 우주는
안 보이는 더 큰 우주의 일부
상상으로도 더는 상상이 되지 않는
이 우주,

어느 죽음 뒤엔 사라지는 우주

이 우주는
바라볼수록 침묵 속으로 몰입을 시켜,
자아自我는
손가락 사이로 빠져 나가는
모래알이 되고
삼계三界는 다 공허해지고야 만다.

궁금해지는 내 마음,
가없는 이 의식

그러하니 내가 여기서
어느 시간에 있다, 어디에 살고 있다는
말이 사실로서 가능이라도 하겠는가.

우리의 삶이라고 하는 것이
말로서, 무슨 이해로서
제대로 가늠이 되겠는가.

누군가가 산다는 말은, 사실
하나의 가정일 수밖에 없지 않나.
몸도, 생각도,
지옥도, 천국도
하나의 매직 쇼,
그러니까 우리는, 이 세계는 어차피
홀로그램 같은 존재일 수밖에 없다.

이 어둠은
절대자의 알 수 없는 속내처럼
분명 스스로는 저를 알지 못할 것이고
하루, 하루에 목메여 사는
사람들 또한
알 수 있을 만한 앎이 없기에

무얼 아는 것처럼 살아온 우리는
어떤 두려움을 만들거나
어떤 행복이나 위안거리를 만들기도 하고

어떤 시빗거리를 만들어,
만취한 가운데서도
우리가 만든 말 속에서
무슨 의미를 찾아
그에 안주하려 했던 것이다.

때론 신을 만들기도 하고
춤을 추며 죽음을 희롱도 하고
빵에 대한 희망을 만들기도 하면서
관념의 삶을 갉아먹으며 살았다.
그렇게, 살아있음을 매일 새롭게
확인하며 지냈던 것이리라.

변덕을 부리는 마음을 따라
이렇게 살고 싶다,
저렇게 살고 싶다며
잡담 속에, 외로움을 감추기도 하고
사랑을 나누는 가운데, 불평도 느끼며

불평하는 가운데 함께 웃음도 나누며

세상이 어찌 돌아가든
착실하게 밥 세끼를 챙겨 먹으며
오는 바 가는 바 없이
그렇게 살아져 왔던 것이다.

시간과 공간의 의식 속에,
이 원초적 두려움의 울타리 속에,
먹고, 숨 쉬며, 잠자며
움직임과 산만함 속에서도
무슨 보람을 느끼며 살아왔었다고,
스스로 위무하며,
삶을 독백처럼 중얼거리고 있던 자가,

이 모든 것을
지켜 보고 있던 자가

이 밤, 문득 깨어

우주의 여기 한 점
이 지구 위에서 자발적으로 깨어나
생각해 보니,
세파에 찌든
병든 뇌세포들이 기운을 차려
환청처럼 내뱉는 소리.

너는 무엇으로 살아 있는가
너는 무엇으로 죽어 가는가

그 궁금증이 더해지며
입이 바짝바짝 말라오는 것이다

그러하구나.
내 역사는 전부 엉망이었다.
우리의 역사와 사회는
우리의 창작물이자,
우리의 사랑이었고,
우리의 속임수였고,

우리 마음의 투사投射였을 뿐이다.
살아져 온 이 의식의 나툼이었을 뿐이다.

우리의 삶을 위해
예쁜 조화造花들을 만들어 놓았지만
우리는 늘
서로를 비루하게 몰아갔던 것이다.

그러하구나.
허공 속에
몸을 유일한 실체로 각성시켜
장사를 해 온 사람들,
맥없이 시든 꽃처럼
나중엔 서로가 다 우습게 되어버리지 않았나.

나는 오랜 과거부터 살아왔고,
지금도 살고 있으며
미래에도 영원히 살 것이므로
지금까지 그렇게 진화를 해 온

나를 반성한다.
내 속의 그대들을 반성하고 있다.

빈방의
희미한 형광등 불빛 아래
홀로 차를 마시며
살아져 온 세상에 대한 기억들을
떠오르는 대로 이 어둠 속에 내려놓으며
떠오르는 대로 헤아려 보기도 한다.

이 의식과 세상과의 대칭성을
마치 거울처럼 들여다본다.

내가 만든 세상을 관조하는
여유로움 속에

내가 만든 세상을 관조하는
연민 속에

내가 그들과 둘이 아니라는
의식 속에

이 불완전한 세상의,
완전한 고요 속에.

생각해 보라
생각을 비우면
여긴 호흡하는 나밖에
아무도 없고,

아무도 없지만
세상이, 우주가 내 안에 들어와
나는 다만 이렇게 있을 뿐이다.

생각해 보라
생각 속에,
이 육신이 살아져 왔던바
이 육신에 깃들어 있는 건

무엇이든, 뚜렷이 내 것이 아닌바,
그것은 모두 빚이었다.

그 누구의 빚도 아닌,
순수로 빚은 오온五蘊의 빚이었다.

이 마음 역시
빚일 수밖에 없고
갚을 주인도 없는 빚이었지만
살아져 온 동안
햇볕에 그을리고, 달빛에 익어가는
세상의 온갖 무상無常들을
함께 완상하고 있으려니
계곡에서 이는 산안개
우화등선羽化登仙하는 듯
은일하게 젖어드는 이 가벼움

이 마음,
촛불처럼 스스로를 태우며

어둠을 환히 밝히며
저 혼자 춤을 추고 있다.

어디서 온 바도 없는 이 마음,
굳이 어디 갈 곳도 없구나.

지금 이 어둠 속에 앉아 있는 이
보일 듯, 보이지 않을 듯 살아 있고
움직임 없는 가운데, 움직이며
살고 있으나, 때론 움직임 가운데,
움직임 없이 살아가고 있으니,
이 오묘한 이치,
더는 알 길이 없어

아침 숲 속에 스며들어 오는 햇빛처럼
그리 어둡지 않은 기운 속에
나는 자세를 바로 하고,
침묵하며, 어렵지 않게
다만 침묵해야만 하리.

지금, 진실하게 침묵하는 이 일 밖에
세상에서 달리 뭣을 구하겠는가.

하나, 목구멍의 갈증에
스스로의 의지가 작동하여
어느 새 나는
찻잔을 깨끗이 비워 놓았다.

어둠이여,
깨어있거나 안 깨어있어도
스스로는 저를
영원히 알 수가 없을 것이다.
오가는 사람들, 오가며 만나는 사람들,
함께 의지하며 살다
사라지는 사람들
이것은 알 수 없는 사랑의 빛처럼
영원히 아름다운 일인가 보다.

어둠이여,
수많은 나와도 같은
저 무수한 생성과 소멸의
별들을 바라보다
도리 없이 나는
그들과 하나가 된다.

다시 새로운 창조를 위해
이 어둠은 나와 동행하며
호흡을 함께한다.

지금 이 자리,
백합꽃 향기 머금은
이 삶을 위해

기꺼이 나는
다시 차 한 잔을 따른다.

완벽한 이 어둠 속에서

오직 명료한 의식만이
연주하는 이 평온과 영원과
침묵에 대한 찬사.

나는,
오늘 일 다 마친
빈 찻잔이다.

오케이

"물을 마셔 보면 차고 따뜻한 것을
절로 알 수 있다" – 현장법사

"다만 인연을 따라 옛 업業을 녹일 뿐"
– 임제 의현 선사

갈 데까지
가겠다고 마음먹었던 것들
가다가 길을 잃고
진흙탕에 빠져버리고

지난날 미워해야만 했던 것들
땡볕에 저 혼자 허우적거리다
진이 빠져 외로이
절룩거리며 걷고 있다.

시끄러운 세상에서도 기운차게,
끈덕지게 퍼올려야 했던 사랑도
이젠 뿌리 없는 나무처럼 시들해지고

사랑에 속고, 돈에 속고,
자신에게 속고
매번 구름을 잡았다 싶었더니

구름들,
산골짝 어귀로 비껴 나가고 말았다.

번뇌들
더러는 잊혀지고
더러는 삭혀지고
더러는 바람 따라 날아가 버렸다.

하지만 기억의 저 먼 곳에서
미세하게 미토콘드리아의
섬세한 활동 속에
긴장과 이완을 반복하는
번뇌들,
밤마다 잠 속에서
거머리로 환생해 춤을 추며
그들 생을 즐기고 있다.

그뿐인가.
내가 한눈을 파는 동안에도

뇌의 기억과 감정의 회로에선
술에 취한 과객처럼
그것들은 밤낮없이 왁자지껄,
때론 괴이한 상징과 은유를 섞어가며
누가 뭐라 일러도 괘념 않고
본성대로 제 과거를 되새김질한다.

마치 음식 냄새 자욱한 시장통을
갈지之자로 걸으며 과객들은
저희들끼리 희희낙락거리기도 하고
떠오르는 대로 흉도 보고

떠오르는 대로
말과 생각을 꿰맞추며
지난 일 술안주 삼아,
좌판에 앉아
지구의 중력에 안주하며
제 삶을 즐기고 있다.

그 곁을 내가 마치
영화라도 보는 듯 구경하며
훤히 비치는 어항 속 풍경처럼
내 속을 또록또록한 눈으로
들여다보기도 하면서
쓸쓸히 지나가네.

고물상에 진열된
회한에 젖은 물건들
그늘 속에 버려져
무더기의 슬픔처럼 피어난
말 없는 흰 망초 꽃들
그림자들 드리워진 조용한 나무에
흐드러지게 핀 꽃들

어느 기억은 노래를 잃어버린 산처럼
가슴에 커다란 산 그림자를 남겨놓고
완행열차 같은 뜨거운 해가
어서 지나가길 바라고 있네.

그리운 것들은 모두
초록에 지쳐 힘에 겨워하고
가뭄과 권태에 피로해진 개울가
가까이 다가가도 그 물소리,
희미하게만 들리네.

그리고 그 위를 지나는 한줄기 바람처럼
그 위를 지나는 무심한 구름처럼

태연히 내가 지나가고 있네.
내가 지나감을
내가 보고있네.

그림자로서만 남아있는
지난 세월들
그림자로서만 남아있는 사람들

그러나 지금 내 무릎 아래 풀잎들은

바람에 사각거리며
몸들을 떠나지 않고도 이처럼

그림자들은 그림자들끼리
서로 잘 어울리며 즐겁게 지내지 않느냐고
공손하고, 친절하게,
내게 말을 건네고 있네.

청려한 그 소리에 잠시 귀를 적시니
그럴 듯도 해, 아주 그럴 듯해

이런 생각, 절로 떠오르네.

어느 여름, 외로운 날
바람에 애를 태우는 플라타너스의
무성한 잎들을 바라보던 날

미지의 세계는 모호하나
늘 눈부시게 빛을 발할 거란 생각에

움직이는 구름처럼
우아하게 내디뎠던 걸음걸이

시원한 바람 따라 멀리 가다 보면
우리의 모든 생각들 넘어
미숙한 우리의 사랑도
가슴 환하게
무럭무럭 자랄 거란 생각

그때, 그 시절의
상냥하고, 풋풋했던
그 기억들 떠오르네.

그러나 좋았던 기억도 잠시
나는 다시 그 곁을 지나가네.

걷다 보니 생각이 머무는 일도
용이하게 떠나, 나 이제
외로움도 여의고

홀가분한 마음으로
두 발은 천변을 따라
물처럼 흐르듯 걸어가고 있네.

가는 곳 모르고 가는 길이지만
푸른 하늘 아래
창창한 금빛 햇살
온 세상을 열고 있어,

누가 가고 있는지도 모르겠고
누가 지나가도 그 흔적이 없고
다른 마음은 가질 일도 없어지네.

심심해진 어진 마음 하나
울울한 그늘에서 끓어 대는
매미 울음소리에 자리를 내주니
기이하기도 해라.

숨겨진 번뇌들

어느덧 매미 울음들이
온통 금으로 녹아내려
온 숲이 환장하고 있다.

오, 이참에
내가 가뭇없이 사라진다면
이번 생의 일을 다 마치련만…

그러나 마음을 이리저리 돌리는 일
여전히 움트고 있어라.
반질반질한 그 관념과 상상들의
부질없음이여,

부질없어 나는
다시 나에게로 돌아가야만 한다고,
다시 중얼거리네.

사실대로 밝히자면 이 티끌의 세상에서도
내가 바꿀 수 있는 일은 하나도 없거니와

그런 의도는
바닷가 모래알을 세는 일처럼
부질없는 일임을 알아서인 것이다.

그러므로 다른 마음은 가질 일이 없기에
본성인 청정한 마음을 살펴,
나는 다시
자숙 아닌 자숙을 해야만 하리라.

또 사실대로 밝히자면
나라고 하는 내가 지나온 삶,
한갓 허공 속의 꽃이라

그간에 도리 없이, 내 안에서
익혀 온 기쁨들이나 빨아 둔 슬픔들
남모르게 쌓아 둔, 녹이 슨 근심들은
스스로 땀을 흘려 몸을 씻어 내듯
원래의 모습인 꿈으로,
녹여내야만 할 것이다.

몸속에 상처나 흔적으로 남아 있는
그 형상이 없어지도록.
원래의 모습인 꿈으로,
녹여내야만 할 것이다.

그것은 나를 위해, 가족을 위해
내가 빚진 세상 사람들을 위해
온전히 그 빚을 갚기 위해서라도
그렇게 함이 옳은 것이다.

그러하다, 그러하다.

생각해 보면
나라고 하는 내가
부모에게서 오긴 했지만
이 씨앗은 그 근본이
천지간에서 빌려 온 것이 맞는 이치라.

여기서 자라난 것들에게
무슨 죄가 있겠는가.

설령 무슨 죄가 있더라도
여기서 자란 것들은
스스로가 돌봐야만 한다.

그러하고, 그러하다.

우리는 있는 그대로여서
버릴 것 하나 없고
몸도, 생각도, 선도,
악도, 옳음도, 거짓도
버릴 것 하나 없는 이 우주의,
이 생명의 필연의 산물이었다.

이 모두가 온통
우리가 창조한 생물들이었다.
우리가 진화를 시킨

우리의 생생한 역사의 산물이었다.

그러므로 번뇌는 오로지
번뇌하는 자들만의 몫이 마땅하나
번뇌 없이 번뇌하는 삶이
본래의 우리의 자유로운 삶인 것이다.

흔히 우리는 공들여
번뇌를 애써 꽃으로 피워
행복을 기리며 살려 했던 것이지만
모든 것이
그렇게 있을 뿐임을 모르고,
살아지고 있었던 것이다.

매양 어떤 성취를 얻으려
무슨 일에 몰두하며 살아야 했고
이 삶에 목적 있음을, 혹은
이 삶에 의미 있음을 만들어 가며
그렇게, 살아져 왔던 것이다.

세상사, 이런 사실에,
저런 사실, 있기도 하지만
이런 사실도 사실은 제각각 보기 나름이라
저런 사실도 사실은 뚜렷한 근거가 없고
어느 사실도 사실다운 사실 없음을
어렵지 않게 알아차리게 됨에,

말하자면 매일 무상無常의 밥을 먹으면서도
그 맛을 제대로 느끼지도 못하고
식욕에만 집착하며 살아져 왔던 것이다.

또 살펴보면
나를 모르기에, 무엇을
보는 자가 누군지를 사실 우리는 모른다.

한데 무얼 봤다고, 누가 무얼 안다고
확신을 해 왔으니
그에 나는 절로 쓴웃음이 나온다.

그간의 미욱함에
그저 부끄럽다는 생각만 드는 것이다.

그러하다. 우리 각자의 삶이란
아무것도 모르는 곳에서
스스로 살아와졌고, 자연스럽게
생성된 우리의 의식으로부터 사물들이
세상이, 생겼다는 소리가 맞는 이치라.

나는 이제 알지 못하는 조상들에게,
그리고 모르기에 경외심만 더해지는
알 수 없는, 저 태양 같은
신성한 빛의 신에게
내 자신을 조복시키려 한다.

아니, 내 가진 모든 것을
조복시켜야 마땅한 도리다.

나라고 하는 가짜의 나를

신에게 조복시켜야 마땅한 도리다.

그러하니 나는 걸어가
닿는 곳이 어디든
괘념하지 않고, 또 어디에 살든
상관 않고, 그저 고마운 마음으로

어머니가 아이의 탄생을
찬탄해 마지않고
어머니가 갈수록
아이의 건강한 성장을 기특해 하듯
이 삶과 자연을 맞이 하리라.

그리고 다시 돌아가
꿈 아닌 여기, 지금을
고향에 온 듯 그리워하며
항상 나를 비추어 보아야만 한다.

이제 나는 내게 오가는

어떤 느낌도, 어떤 생각도
익숙한 손님처럼 맞이해야 할 것이고

어느 땐 그것들이
잠시 내 속에 머물지라도
그때마다 성실하게 대해야 할 것이고
아무 때, 속에서 일어나는 일이든
밖에서 일어나는 일이든
기꺼운 마음으로 이들을 수용하리라.

내 안과 내 밖이 둘이 아니고
서로가 다르지 아니하기에

또 사랑과 근심이 따로 있지 않고
그것들은 무정한 달빛 속에
환하게 비치지만

아무도 저 근심이나
사랑을 애쓰는 이 없어

여기 나는 한가롭기만 하다.

물이 그 물맛을 모르듯
마음이 그 마음을 몰라도
이 어둠 속 우물은
깊고도 맑기만 해라.

고요하고도 신기한 이 정취에
모든 이가 함께 흥건히 젖느니
만대의 성현聖賢들이 빚어 놓은
밝은 술, 한잔 얻어 마시고
감사에,
내 춤을 추어올리리다.

– 지나가는 슬픔 있거든
  흰 꽃처럼 살아라.

  보이지 않는 사랑 있거든
  푸른 나무처럼 살아라.

지금은 어느 웃음도,
어느 울음도 비껴가는 고요로다.

어느 누가 시비를 걸어와도
그 시비는 스스로 헛수고였음을 알고
총총 사라져 가는 고요로다.

사람이 없는 여기 빛나는 고요에
나는 온 세상과 함께
머무르고 있다.

그러므로 옛적부터
찔레꽃은 찔레꽃으로만 피어나고
국화꽃은 국화꽃으로만 피어났던 것이고

태어나는 것들은 본디 주어진 천명을
즐겁게 받아들이며 살았던 것이다.

자식을 사랑하는 부모의 심정으로
이 침묵 속에서

나는 모든 나를 용서하며
모든 나를 흔쾌히 버리기로 한다.

그러하다.
본래 작위가 없는 세상이다.
밥 먹고, 잠자는 일은
진실된 일, 성애性愛는
그 수고로 이 의식이 자연스레 승인하는
아름답고 유쾌한 의식儀式인 것이다.

혼자 있을 때
나는 혼자가 아닌
모든 이의 대지이기도 했고
사람들 속에 섞여 있을 때도
나는 바다이기도 했을 거였고
생각나는 대로 나는 별이었고

내가 없어도 나는
하늘이기도 했을 것이다.

내가 이들과 둘이 아니며,
그들이 나와 다르지 않기에.

진실로 고백하건대
대지도, 바다도, 별도, 하늘도,
다른 모든 사람들도
아주 친근하게 오래전부터
나와 함께 안주해 왔고
지금도 여전히 그러하다.

(무엇이 됐건 돌아가는 대로
지금도 여전히 그러하고, 그러합니다.)

그러니까 이른바 내가
마음이란 것을
잠시 들여다볼 것 같으면

내 안의 것들은 물론 내 밖의 세상도
서로 상응하여, 공존해 왔던 것이고

나와 너, 그대들과
이 모든 것이 내 안에
함께 하고 있다는 생각에
모두는 늘 평안했던 것입니다.

(이 삶에
어떤 모순이 가능하겠습니까.)

난 단지 주어진 이 우주적 삶을
단순한, 감사의 마음으로
받아들일 수밖에 없습니다.

말할 수 있는 것은 물론
말할 수 없는 것들까지
말끔히 비어 있는 무한의 이 가슴

시간은 차라리 꽃처럼
아름다운 선물이었고
시방 주어진 이 공간은
은총처럼 온 우리의 몸과 마음이
자유롭고, 행복하게
사용될 수 있는 곳이라.

내가 만든 이 우주는
나와 함께 그 생사고락을
같이 할 것입니다.

내일도, 오늘처럼
아무런 의심 없이

나의 해가 지면
너의 달이 뜨고,

너의 달이 지면
나의 해가 뜰 것입니다.

설산雪山에 올라

1.

전생에서부터
이 몸이 그리워했던 것들

끝나지 않은 전쟁처럼
아직도 아쉬움에 그리워하는 것들

추위에 얼어 모두
가벼운 살얼음이 되어 날아가 버렸나.

여기에 이르니 온 세상,
내 마음처럼 모두 텅 비어 있는데

그 한가운데로 적적하게,
뱐뱐히 눈 내리고 있다.

회심灰心의 저 가난한 눈빛들
이들을 손님으로

정성껏 받들고 서 있는
웅숭깊은 나무들

경건한 이 고요가
잠시 발걸음을 멈추게 하는구나.

속을 비운 채 말없이 앉아 있는
반쯤은 어두운 계곡이며
자유롭게 뻗어 나간
장중한 기틀의 저 긴 능선들

초연한 마음인가,
순종의 마음인가, 고개 숙인 채
기꺼이 눈을 맞고 있는 사람들,
크고 작은 나무들, 얹힌 눈으로
한껏 오그라든 마른 풀숲들

중심 아닌 여기 중심에서
세상을 바라보느니

나는 지금 어느 마음이든
차별이 없음을 보는 것만 같다.

눈은 세상 구석구석
빠짐없이 내리기도 하거니와
찰나, 찰나에 어느 마음이든
원만하지 않는 마음이란
본래 없음을 말해주고 있다.

산길 따라 벌거숭이 나무들과
함께 이 눈 속을 걸어가느니
이 세상, 온 우주에
이런 마음이나 저런 마음이
따로 있는 것이 아닌 것이고

오로지 하나의 마음,
우리의 안팎에 두루한
하나의 마음에서
온갖 만물이 나온 것이리라.

이제 산을 오르는 사람들은
더운 입김들을 내뿜으며
제 생명의 등불을 확인하고
제 몸이 움직이는 모양을
불꽃인 양 조심스레 살펴보고 있다.

사람들은 걸음마다
깨끗한 발자국들을 남기나
그 발자국들
이내 소리도 없이 지워지고 만다.

찬찬히 주위를 둘러본다.

어느새 나무들은 나무들끼리
영문도 모른 채
즐거운 망각 속에 빠져 있다.

사람들도 잠시 서로를 바라보곤

참으로 내가 있음과 네가 있음이
구분하기 어렵다는 것을
몸으로 공감하고 있다.

의심을 일구던 사람들의 마음은
언제, 어디로 다 떠났나.
피해자로 살아왔던
마음들은 언제, 어디로 다 떠났나.

지난날 이 몸뚱이 속에서
피어오르던 오만가지의 상념들
모두 허허롭게만 느껴지는구나.

허허롭구나.
공중을 떠가는 가벼운 숨소리
해탈을 꿈꾸는 망념들의
이 허연 입김들이
꿈처럼 자유롭기만 하구나.
따뜻한 살 속에 애벌레처럼

안주하고 있던 번뇌도
지금은 더없이 평화롭게만 보인다.

각자의 삶이기도 하면서
모든 이들이 살아가는 삶,
너도 모르고, 나도 모른 채
하나의 삶으로 굴러가는 대로,
굴러갔을 뿐이었는데

텅 빈 이 설산에 와 되돌아보니
누가, 누구에게서
무슨 희생을 겪었다는 소리,
듣기가 거북하구나.

제 자랑을 일삼던 이야기들도
듣기가 아주 거북하구나.

누가 행복을 누리고 있다는 소리도
누가 불행에 빠졌다는 소리도

차마 말하기가 곤란하구나.

만일 누가 불 같은 논리로
내 처지를 밝히라고 요구하면
그때 나는 그저 미안한 마음만 들 뿐

누가 물처럼, 바람처럼 살라고
충언조로 이른다 해도
나는 그저 송구스러울 따름
다른 말을 하기가 더는 어렵겠구나.

이 눈길을
깨진 종(鐘) 같은 몸이
고개 숙여 걸어간다.

깨진 이 종은 값도 안 나가나
돌부리에 걸려 넘어지더라도
둔탁한 소리밖에 낼 줄 몰라

그는 지금 이 걸음걸이만은 자유라고,
속으로 웅얼대며, 단순하나, 은밀한
이 걸음걸이의 즐거움에 젖어 있다.

눈길 따라 걷자니
내 앞에서부터
조용히 다가오는 몸의 느낌,
몸의 움직임, 몸의 생각도
바람처럼, 꿈처럼 스치며 지나간다.

이 깨어있음 속에
문득 알 수 없는 고요의 바닥에
이르게 될 때면

가슴 저 깊은 곳에서부터
천천히 차오르고 싶어하는
평화로운 기운도 감지가 된다.

이것은 바로 우리의

하나뿐인 존재의 근거로
우리의 나날의 사랑과
기쁨의 원천이기라도 한 것인가.

알 수 없는 일이다.

하나 살아 깨어있는 한
우린 단지 이를 지켜보며
이 청복淸福의 삶을
나름대로 누릴 수 있을 뿐인 것이다.

그러하긴 해도
한량없이 내리는 저 눈은
저를 알지 못할 것이다.

소리없는 노래처럼
내리고 있는 저 눈들 역시
아직 눈꽃들의 희망을 알지 못할 것이다.

2.

돌아가는 대로, 쫓기던
숨가쁜 오만가지의 상념들
밖으로 눈보라가 되어
무섭게 휘몰아치고 있다.

계곡에서, 산등성에서
생사를 앓는 가없는 몸부림들
이 몸을 붙들고
때론 죄 없는 빈 나뭇가지들을 붙들고
어서 너의 집으로
돌아가라고, 돌아가라고
매정한 눈빛으로 타이른다.

우리는 이 자연의 맹목의 의지를
알지 못한다. 순수라는 이름의,
이 단순하고도, 무지한 자연의 의지를
이 변덕스러운 자연의 음성을

우리는 잘 알아듣지 못한다.

그러나 분별함이 없이
아무런 불평도 없이
마치 아픈 몸을 그대로 아파하며,
이 아픔 있는 그대로가
마침내 우리가 돌아가야 할
청정 법신의 온몸인 것으로 알아,

우리는 자연을 통해
자연과 하나가 되는 법을 터득하며
인내하며 살아왔던 것 아닌가.

우리는 주어진 몸과 마음을
때론 업보처럼, 때론 선물처럼,
생각했고 이 마음은 이 몸을
스스럼없이 쓰여질 도구로
받아들이기도 하며 살아왔을 거였다.

그러나 이 자연과 더불어
자신을 좀더 면밀히 살펴보라.

자연은 설령 왼쪽과 오른쪽이
뒤바뀌게 된다 할지라도, 심지어
하늘과 땅이 뒤바뀌게 된다 할지라도
이것은 자연스러운 현상인 것이다.

비록 사람들이 나름 의미를 찾아
외발로 서서 사랑을 하기도 하고
잃어버린 신발짝을 찾기 위해
오대양 육대주를 헤매며 돌아다니기도 하나
자연은 그러한 일에 가치 있음이나
가치 없음에 전혀 마음을 두지 않는다.
자연은 또한 이런 일 따위에
아무런 차별을 두지도 않는다.

다행히 어느 사람은
임종의 순간에 이르러서야

수어진 자연의 이치를 깨달아
제 죽음을 선뜻
제 음식처럼 받아먹기도 한다.

오온五蘊에서 비롯된 괴로움을 놓고
누구는 마귀들이 들러붙은
이 마음에서 생긴 것이라 말하고,
신경 병리학자는 화학물질이 일으킨
일종의 장애라 말하기도 하고,
혹자는 이상理想을 찾으려 하는
우매한 의지에서 촉발된,
환시幻視나 환촉幻觸 현상이라 보기도 한다.

말해 보라.
지금 눈앞이 캄캄해질 만큼
맹렬하게, 절망처럼
다가오는 이 눈보라여
이것은 무슨 눈보라인가.

마음이라 굳이 말할 것까진 없어도
필경 이 경계는 내 마음 따라
그렇게 일어난 현상인 것으로 알아야
마땅하리라.

그러므로 이제 나는
이 추위를 단지 추위라 이름하고
괴로움을 단지 괴로움이라 이름하며
이 추위와 괴로움은
그 누구의 것도 아니기에

내 보살행은 의당 이 가운데를 뚫고
의연하게 헤쳐나가야 할 것이며

아무에게도 의지함이 없이
지금 한 걸음씩, 한 걸음씩 발을
충실하게 내딛는 일에 몰두할 것이며

이른바 이곳을 지나가는 일도 없이

이곳을 뚫고 지나가야 할 것이다.

갈수록 이 추위에 빈 몸뚱어리,
오로지 얼어붙으려 하는
빈 몸뚱어리 하나만 남아
가물가물 내 시야는 흐릿해져 가고 있다.

하나 이 가운데 홀연
가뿐히 날아오르려 하는 마음 하나,

환幻 같은 어떤 의식의
새로운 출현을 보게 된다.

이제껏 살아져 온
모든 것은 다 지나가 버렸고,

모든 것은 꿈처럼
다 지나가 버려, 외려
홀가분해진 마음만이

허공처럼 남아 있게 되나니

단지 여기 내가 있음에 대한
명료한 의식 하나만 남아 있을지라도
이 마음은
모든 것을 덮고도 남을 만한 것이다.

날이 너무 추워
몸에 대한 의식도
내게서 점점 멀어져 간다.

멀리서,
더 멀리서 생각느니

이것은 누구의 화신으로
드러난 몸뚱어리인가.

이 마음이 어떻게
모든 법法을 굴리게 되는가.

참으로 희한하기만 하다.

돌아가는 이 삶에
새삼 무슨 도리 같은 것이
있기라도 한 것인가.

돌아가는 대로,
돌아가는 꿈을 지켜보며,
살아가는 자가
정말로 살아 있기라도 한 것인가.
참으로 희한한 일입니다.

주변엔 아무 사람도 보이지 않네.

3.

보이지 않는

텅 빈 마음 한가운데로
한 걸음씩 나아가는 발걸음들

한순간에서, 다음 순간으로
내뿜는 더운 숨결들

헐떡이면서도
계속 움직이려는 이 의지,

헐떡이는 이 숨 속에
온몸의 감각을 일깨우며
살아 움직이는 자,
과연 그는 무엇인가.

보이지도 않는 욕망에
사랑이라 이름을 붙이고
어떤 꿈은
괴로움이라 이름 부르며
생각, 생각들의 파편들을 모아선

어떤 삶이라 이름을 붙이고,

모든 것에 의지하여
빚을 지며 살면서도
빚진다는 마음도 없이
찰나를 영원처럼 살아왔던 자

때론 남의 노래를 따라 부르기도 하며
누군가의 사랑을 대신 앓기도 하며
세상사 허무해,
세상사 도무지 내 일 같지 않아,
혼자 들판을 쏘다녔던 나날들

이름을 내는 일도
돈을 버는 일도 가끔은 쓸쓸해,
어느 시간은 허공에다 내버리기도 했다.

돌아보면 지난 일은
바람에 몸을 뒤척이는 낙엽처럼

후회할 일밖에 없었다.

생각 없이 코딱지나 파내는 일로
시간을 허비하고, 아무 데나
생각의 가래침을 내뱉곤 했다.

미련이 미련에게 한숨을 쉬며
간신히 위로를 받았던 나날들이었다.

그렇게 우리는 앞에서도 밀리고,
뒤에서도 밀리며 살아왔다.

하지만 어느 날 높은 산에 올라가
산 아래 세상을 훤히 내려다보고서야
모든 것을 잃어버렸음을 깨닫게 된 자,

온전히 혼자 남게 되어서야
잃을 게 더는 없음을 알게 된 자,

과연 그는 무엇인가.

이 물건은
음식 에너지가 순환하는,
진화된 생명체의 하나로
이 자연의 우연의 산물에
불과한 것 아닌가.

생명 에너지의 보존을 위한,
존재의 보존을 위한,
그 노력에서 작동된 욕망들

그리고 여기에서
자연스레 생성된 관념들

때로는 인정을 받기 위해
이것을 시름하고
저것을 근심하며
거지처럼 살아왔다.

때론 존재감을 잃을까, 두려워하며
살아 있는 듯, 죽어 있는 듯
몰래, 몰래 살아왔다.

너는 아마
영원히 네 영혼을 두려워할 것이다.

너는 영원히
신神을 두려워할 것이다.

쉼없이 이어지는 너의 희망이
곧 너의 두려움을 말해주고 있는 것이다.

이 몸을 떠나
이 시공을 떠나
신神이라 부르는 그곳에 안착을 해야
비로소 너는 얻을 바를 얻게 되는 것인가.

어리석구나.
모르는 마음들이여

보물을 찾으려 하는
수고로운 마음들이여,
이제 내게 일러보라.

고통은 관념
관념은 고통

죄 없는 어깨들이여,
너의 수고로움을 알아
이젠 네 어깨에서
그 짐을 내려놓고

가벼워진 그 몸의 겨드랑이에서
번개와도 같은 날개 돋아라.

고통은 관념

관념은 고통

너는 네 가슴만으로
살아가야 한다.

영원의 속삭임처럼 흰 눈이
우리의 머리 위에 사뿐사뿐
내려앉고 있다.

차갑고, 모진 바람 속이어도
뜨거운 불 속처럼
더욱 충만해지는 이 기운들

지금 이 세상은 오직
한가로움만이 드날린다.

있는 것도 본래 없는 줄 알기에
더욱더 충만해진 마음으로
공중을 군무하며 내리는 눈들

이 가슴속엔
원래부터 자재自在하는

샘이 깊은
원천의 기쁨이 있느니

몸은 힘들어도
온종일,
한가로움만이 드날리고 있다.

4.

그대들과 함께 걸으며
수다를 떨다가도 어느새
저절로 고요해지고

침묵 속에 그렇게 머물다 보면

세상이 다시 환하게
비추어지기만 하는구나.

마음이 어디에 있는가.
찾아보아도 있지 않으나,
내가 있음이니
없지도 않는 이 마음

그러나 이 마음은 지금 흰 눈이 되어
세상을 두루 환하게 덮어주고 있다.

수고롭게 들떠 있는,
모르는 마음 있거들랑
그때마다
그대 앞에 고이 내려놓게 된다.

이 마음에 함부로 속았던 일들,
모두가 집 떠나면

그 집은 다시 고요해지고
그지없이 화평한 기운만 감돈다.

우리가 태어나기 이전부터
이 천지는, 사실 빛이 가득 넘치는
조용한 광명의 삶이었을 것이다.

나는 어깨 위에 짊어진 짐들을
스스럼없이 내려놓는다.
내려놓아지게 된다.

땀이 식은 우리의 몸은
추위 속에 덜덜덜 떨고 있어도
떨고 있는 몸만 있을 뿐이다.

눈꽃들은 햇빛에 반짝이며
그 모습이 마치 천사의 영혼인 양
환하게 빛나고 있다.

그 빛의 길 위에 서서
우리는 잠시 이 지상에서
새로 태어나는 기쁨에 젖고 있었다.

5.

마침내 삶과 죽음도
흰 눈에 덮여
한 가지 마음임을 말하는구나.

마침내 온 천지에
떠다니는 미망들,
해묵은 원망들,
몸속에 숨어 꿈꾸며
여러 모습으로 나투려 하는 욕망들

이것들은 한 가지 마음에서 비롯된
환幻임을 말하는구나.

온 우주가
거울 속에 보이는
내 모습들임을 말하는구나.

세상은 추위에 얼어,
너의 고요를 잠시 맛보게 한다.

이 침묵의 장관 속에
그대들은 환영의 모습으로
우리와 함께, 이 세상을
창조하는 일에
동참했던 것이리라.

- 그러므로 나는 주어진 바로서
  이 의식을, 의식하며
  지금 주어져 있는 그대로의 세상에
  작용하는 삶을 살고 있다.

세상에 주어진 대로,
내 것 같지도 않은
이 운명에 대해,

시시콜콜 어느 시비나
세상의 어느 비난에 대해서도
나로선 개입할 의도가 없음이고

설령 앞에 걸림이라도 일어나면
뒷생각으로

조건 없는 관용의 마음으로
그때마다 이 업業을 녹여가야 하리.

어느 괴로움을 느끼거든
그것들은 내 안에서 만들어진
환幻인 까닭에
내 원천의 기쁨이기도 한
관용과 자비로 녹여지기를

간절히 바라기도 하는 것이다.

이 자연에,
이 우주에 몸을 맡긴 채

우리는 이 땅 위에서
단지 걷고 있을 뿐인
꿈 같은 존재에 불과하다.

그러하니 해야 할 바,
우리는 주어진
순수한 감관의 느낌만으로
이 땅과 바다와 하늘 위에

살아 있는 모든 것들의
감각들을 노래해야 마땅하다.

귀 기울여
깨끗한 이 오온五蘊에서

반향하는,
그 세밀한 목소리들도
잘 들어야만 한다.

사실, 가능성은 아무 때나
어느 곳에서나 있는 것이고

세상은
늘 다시 태어나려는
그 역동의 에너지로 인해
언제나 새롭게만 보인다.

감각들이여,
지성들이여,
빛이여,
깨어나라.

깨어나
이 몸과 온 마음을 통해

이 자연과 삶을
우리도 경탄해야 한다.

내가 없고, 네가 있을 동안에도
내가 죽고, 네가 살아 있는 동안에도

이 우주에 두루 하는
순수 의식은
우리의 무한한 보람

우리는 이미
하늘의 축복을 온전히 받은 존재이기에

있는 그대로의 이 세상을
다함 없이 있는 그대로 사랑하도록

그리하여
매일매일을 새롭게 하도록

힘쓰는 일 없이
힘써야 하리라.

시작노트

기적을 통한 수업

신 승 철

1. 「병」

모든 존재는 병을 앓는다. 병을 앓지 않고 지내는 존재란 이 우주에 없다. 생로병사라는 병도 있고 우리의 에고가 늘 앓고 있는 병도 있다. 병통 아닌 이 병통의 질곡에서 벗어나는 존재란 도시 있을 수가 없다. 한 마디로 일체개고—體皆苦인 것이다.

그러나 언제부터인가 병이란 게 그저 내 마음 안에서 일어나는 '현상'일 뿐이란 생각이 들기 시작했다. 몸은 몸으로서 남아 있되, 자신이 몸이 아니라 몸을 데리고 살거나 혹은 몸을 부리며 살아가는 주체라는 생각이 들어서인 것이다. 실상 병이란 자신을 몸과 동일시하는 가운데서 생기게 되는 것이다. 그러기에 병은 몸에 대한 집착에서 나온 병일 따름이다.

말할 것도 없이 우리는 몸 없이는 살아갈 수가 없다. 우리는 몸이 없으면 존재 자체가 성립 불가능해진다. 우리는 몸을 통해 세계가 있음을 감지하고, 이런 감지를 통해 세계를 받아들이고 이 세계와 조우하며 적응해 살아간다. 몸을 통해 세계를 해석도 하고, 판단도 하게 된다.

몸을 통해 사람들과 교감도 하고, 사랑도 하게 된다. 교감과 사랑을 하는 가운데 자기를 잊는 경험도 하게 된다. 그러나 자신과 몸에 대한 지나친 동일시로 말미암아 우리는 서로를 공격도 하고, 전쟁도 치르며, 남을 속이고, 우울을 경험하기도 한다.

몸은 용도에 따라 아름답게 비치기도 하나 때론 추하게, 무가치한 것으로 보이기도 한다. 몸은 평화롭거나 난폭하게도 하고, 이롭게도, 해가 되게도 한다. 그러나 크게 보면 이 모두가 고통의 울타리에서 벌어지는 일들이다. 꿈을 꾸듯 세세생생 우리는 이런 병을 앓고 있다. 이런 병 앓음을 두고 우리는 곧 삶의 현실이 그러하다고 말하기도 한다.

하지만 병에 대해 잠시 참구를 하다 보면, 병의 실상과 병의 무상함이 어렵지 않게 드러남이니…… 자신이 과연 그런저런 병들을 앓고 있는지에 대해, 커다란 의구심이 들기도 한다. 병으로부터의 치유란 바로 병이 실재

하지 않는다는 자각에서 비롯되는 것인가. 아니면, 최소한 그런 자각에서 치유의 조짐이 나타나게 될 것이다.

물론 몸 자체는 아무런 가치가 없다. 몸은 궁극의 앎으로 가기 위한 징검다리 역할에 불과할 것이다. 현실적으로 몸은 의사소통을 위한 수단이어야 하고, 더 나은 삶을 위한 학습의 장이어야 한다. 몸은 마음의 놀이터이기도 하지만 동시에 '신'의 거처이거나 사원이라는 생각에도 이른다.

"마음의 목적에 몸을 포함한다면, 마음의 목적은 하나이므로 몸은 전일해진다."(헬렌 슈크만의 「기적 수업」 중에서)

그렇다. 병이 따로 실재한다고 생각하면, 병은 따로 있게 될 것이다. 우리 각자가 지닌 '신성한 마음' 속에 '병'이란 게 깃들 리 없을 것이다. 아집과 망상이란 실재하는 것이 아니라서, 그것들이 무슨 병을 일으킬 리 만무하다.

2. 「기적 수업」

「기적 수업」이란 시의 제목은 1976년 미국에서 발행된

『기적 수업』(A Course in Miracle)이란 책의 제목에서 빌려 온 것이다. 이 책은 당시 콜롬비아 의대 심리학과 교수였던 헬렌 슈크만이 쓴 것으로, 지금은 18개국 언어로 번역되어 불후의 영적 고전으로 자리매김하고 있다. 이 책의 발행 동기와 관련하여 흥미로운 사실 하나는 그가 직접 이 책을 만든 것이 아니라는 점이다. 그는 1965년 어느 날부터 갑자기 내면에서 들려오는 목소리를 받아 적기 시작했다. 그 후 무려 7년여의 세월에 걸쳐 그 내용을 차곡차곡 정리해 놨다. 중요한 것은 그 내면의 목소리 주인공이 자신은 예수라 선언했다는 것이다. 그것의 진위를 떠나, 그 내용은 기존의 종교 제도권에서 말하는 것과 달리 설득력 있는, 지혜로운 얘기로 가득하다. 큰 공부가 됐다.

나는 최근에 또 다른 차원에서 지구를 방문한 예수의 제자, 곧 도마와 다대오를 만나 그 대화를 그대로 기록해 발행된 책, 개리 레너드의『우주가 사라지다』도 탐독한 바 있다.

나는 기독 신앙에 대해 평소 별다른 관심을 두지 않고 살아왔다. 그러나 최근의 독서를 통해 예수를 직접 만난 기분이 든다. 더없이 고마우신 성현이라 생각 든다. 그렇다 하더라도 교회는 안 나가고 있다. 그간에 불교에 대해 심심치 않게 자습을 해 왔던 편이라 세존世尊의 가르침이 훨씬 더 마음 편하게 다가온다.

하지만 최근『기적 수업』관련 여러 책들을 탐독한 바,

예수의 본래의 목소리, 그 가르침의 내용이 고타마·붓다의 가르침과 다르지 않음을 알고 나는 적이 놀라지 않을 수 없었다. 한동안 성찰과 반성의 시간이 필요했다. 몇 푼어치 안 되지만, 그간에 스스로 닦아 얻었던 내 소식이 그것들과도 별 어긋남이 없고, 잘 계합될 수 있겠다는 앎에 이르니, 그 기쁨에 그저 조용히 감사하게 여기고 싶은 마음일 뿐이다.

시의 형식은 제목 그대로, '수업'하는 모양을 따랐다. 내가 자습을 하는 동시에 독백도 하고, 남에게 설득도 하는 모양새다. 이 내 마음이라야 다른 사람과 다를 게 뭐 있겠나. 설령 무슨 차이가 있더라도 그 역시 별것도 아닌 것이고, 그게 그거다. 존재론적 시각에서 그렇다는 뜻이다.

어찌 됐든 시가 이렇게 철학적, 사변적인 모양새가 됐지만, 시의 내용은 단순한 관념의 살풀이는 아닌 것이고, 내가 겪은 정신적 체험의 온전한 투영이자 반영임은 부인키 어렵다.

알다시피 이 시는 인간 존재에 대한 영적 성찰의 내용을 내 체험을 바탕으로 구성해 본 것이다. 존재 문제에 대한 성찰에 있어 핵심 근간은 역시 의식의 문제다. 의식에 대한 깊은 고찰 없이 인간의 존재 문제를 거론키는 어려울 거라 보았다. 신이나 절대자의 문제 역시 같은 맥락일 것이다.

여기서 언급된 의식이란 물론 정신분석에서 말하는 의식, 전의식, 무의식의 구분에 따른 의식 개념이 아니다. 이런 세분화된 의식 개념을 모두 다 포괄하면서, 동시에 달라이 라마가 말한 '미세한 의식'(초의식이라 봐도 무방할 듯)도 포함하는 개념이다. 우리 존재의 근본으로서, 즉 일차적으로 "내가 있음"이라는 문제에 대한 깊은 자각에서 비롯되는 의식 개념이라 봄이 적절할 것이다.

인도의 성현 S. N. 마하라지 선생이 일찍이 말했듯이, 이 의식은 당연히 개인의 속성으로 누구나 다 갖고 있는 것이지만, 더 깊이 궁구해 보면 개인적 의식이란 하나의 파편적 개념이고, 사실은 보편적 의식밖에 없다 하는데, 나 역시 이에 동의한다.

'내가 있음'의 저 근저에 안주하며, 명상을 하다 보면, 이 의식 속에 모든 현상계가 있다는 앎에 능히 이를 수도 있을 뿐 아니라 이어, 의식의 초월도 일어난다는 것이다. 이런 경험은 무슨 정신기제에 의한 심리학적 현상 같은 게 결코 아닌 것이다. 체험에서 자발적으로 일어나는 우리 존재의 실상에 대한 깨달음인 것이다. 이런 경험을 통해 보편의식 개념이 확장되고, 보편적인 '나'도 확인하게 되리라.

사람들은 흔히 그 몸이나 어떤 개념, 어떤 형상인 것과의 동일시를 하여, 내 몸을 혹은 내면에 갖다 놓은 어떤 이미지나 관념을 '나' 혹은 '내 것'이라 단정하며 살고 있다. 그런 것들을 두고 선가禪家에선 석녀石女의 자식들이라 부르기도 한다. 이런 허물들을 허물로서 알아채는 일이야말로 인생에서의 일대사의 일로 우리 자신이 해결해야만 하는 일 아닌가. 늘 그리 생각했다.

응당 몸과 동일시에서 일어난 에고가 근거 없음을 알아, 한 개체로서의 형상을 저절로 떨어져 나가게 함이 자연스러운 귀결일 것이다. 이럴진대 무슨 말을 듣든, 이 말을 듣는 존재는 모습도 없고, 형상도 없으며, 말하는 자도 없는 것이다. 무슨 진리 같은 것, 평화 같은 것, 예수나, 부처 같은 것을 추구하는 일도 없겠고, 그 추구자도 없고, 보는 자와 보이는 자가 동일한 그런 경계다. 세상을 떠난 것처럼 보이는 이런 생각들이, 결코 허무적인 뜻은 아닌 것이다. 세상일이야 연기법에 따라, 이런저런 인연으로서 맺어진 그 환幻의 연극임을 알기에, '나'는, '나 의식'은 그저 지켜보는 자로서, 경험이 될 뿐이며, 또 그 경험 되어지는 인연에 따라 책임 있는(책임 같은) 행동을 하면 그만인 것이다.

인仁, 의義, 예禮, 지智는 그런 (책임) 의식에 따라오는, 의식적 언어의 구분지음 따름일 것이다.

홀로 가는 이 길이 결코 헛된 길은 아니다. 하지만 지구의 중력에 꼭 붙들려 매어 사는 인간으로서, 일상의 사사로움에 '사사로움이 없음'을 알면서도, 그 사사로움 속에 몸과 마음을 맡기는 일로 가끔은 잠을 이룰 수가 없으니, 아직은 미완未完의 인생임을 알아서인 것이다.

3. 「어둠 속에서」

어둠 속에 홀로 머물다 보면 오만 가지 잡생각이 스쳐 지나간다. 자연스러운 현상이다. 그리고 그 오만 가지의 잡생각들로 인해 결국 내가 몸을 갖고 있다는 사실을 새삼 알아차리게 되고, 몸에 대한 집착을 하는 데서 모든 괴로움이 비롯된다는 것을 어렵지 않게 알아채게 된다.

마음의 작용도 '몸이 있다'는 생각에서 펼쳐지는 일종의 언어유희이리라. 생로병사를 겪는 이 몸을 도시 믿을 수도 없거니와 언젠가는 떠나야 할 몸이기에, 이 몸과 서로 상부상조하는 마음이란 것도 역시 믿을 바가 못 된다. 그럼, 우리의 참된 성품이란 도대체 어떻게 해야 찾을 수 있겠나. 알다시피 이런 일은 우리가 흔히 쓰는 마음, 즉 에고(ego)를 내려놓거나 잠시 소멸시키는 가운데 드러날 수 있으리라 본다. 이 몸과 마음을 무소불위로 휘두르고 있는 그 에고란 놈이 우리의 참된 품성을 가리고 있기 때문이다. 그렇다고 에고를 악으로 규정한다는 뜻은 없다. 실상 이 에고란 것이 있기에, 참된 성품도 가능해지는 것이리라. 흐린날이 있어 맑은 날을 알 수 있듯이, 둘이 하나로 돌아가는 이치라는 비유다. 해서 유마대사는 번뇌가 곧 보리심이라 말씀하셨다. 명상이란 에고의 모습을 뚜렷이 관찰하는 일과 함께 우리의 참된 성품을 직접 체험하기 위한 하나의 도구인 셈이다.

어둠 속에 '내 것'을 내려놓는다. 어둠에다 온전히 '나'를 내맡긴다. 어둠은 인위적인 마음의 의도나 어떤 노력도 그치게 한다는 의미에서의 어둠이다. 그러한 어둠이라면, 오로지 호흡하는 자와 침묵만이 있게 되고, 고요히 '내가 있음'도 확인된다.

평온한 마음은 얻는 게 아니고, 본래부터 우리의 내면에 상존해 왔던 것임도 확인하게 된다. 이런 가운데 간혹 나는 지난 세월 겪었던 마음의 온갖 풍상들을 주마간산 격으로 들여다보기도 한다.

사람은 마지막 임종 무렵, 짧은 시간 안에 지나간 삶을 파노라마식으로 들여다보게 된다고 하는데, 그리 보면 이러한 탐구적 명상은 죽음의 예행연습과 가까운 경험이기도 할 것이다.

살아왔던 삶의 드라마를 깊이 탐색하다 보면, 생각지도 못했던 무의식의 상이 드러나기도 한다. 업業이다. 더 깊이 살펴보면, 이 삶 전체가 환幻이고, 그러기에 세상 전체가 환임도 환기하게 된다. 뿐더러 환을 환이게끔 알아채게 해주는 주체는 마음속 저 깊은 곳에 자리 잡은, 고요의 밝은 빛임을 자각하게 된다.

그럴 것이다. 내 몸이 내가 아니고, 내 마음도 내가 아니다. 나는 누구의 것도 아니다. 현생에 어느 몸을 빌려 살고 있는 것이며, 그렇기에 남과 내가 둘이 아니라는 생각에 이르고 있다.

4. 「오케이」

갈수록 생각과 말과 행동이 더욱 단순해지는 삶을 살게 되는 것 같다. 나이를 먹다 보면 누구든 자연스럽게 그리 변화가 되지 싶다. 자의에서건, 타의에 의해서건 욕망에 휘둘리며 산다는 게 쓸데없이 번거롭다는 걸 느낀 까닭도 있으려니와 자연의 섭리에 따르는 삶이 인간 본래의 삶의 모습에 가까우리란 생각도 자연 터득되어서일 것이다.

조석으로 출퇴근 운전을 하면서 차 안에서 그날그날 일어났던 내 업業을 살펴보는 일이 어느새 습관처럼 자리잡았다. 간혹 집 뒷동산을 산책하며 혼자만의 성찰의 시간을 갖고 내 업을 조용히 갈무리하는 일도 마음을 넉넉하게 펼쳐줌이다.

업을 살펴본다 함이란 알다시피 내가 겪는 일상에서 좋은 일은 좋은 대로 또 안 좋은 일은 안 좋은 대로, 면밀한 탐구와 인식을 한 뒤 조용히 내려놓는 일을 말한다. 주변의 일상사든, 지구의 어느 곳에서 일어나는 행, 불행의 일이든 그처럼 조용한 관찰자의 태도를 먼저 취한다. 때론 내 안에서 일어나는 인과因果의 고리를 탐색

해내고, '주인 없이 일어나는 그 사건'의 현상이 내 마음에 어떤 파문을 남기고 있는지도 유심히 관찰하는 것이다. 그러나 어렵지 않게 세상만사가, 내 안의 일이든 내 밖의 일이든, 그것은 현실이기도 하지만 동시에 꿈임을 확인한다. 어느 땐 내 안의 의식의 고요한, 무한의 빛이 있기에, 그 아래에서 우리가 지금 목전에 전개되고 있는 우주도 나타나게 된 것이라는 상상도 하게 된다. 어느 땐 가슴에 벅차오르는 희열을 느끼기도 한다.

가급적 단순한 삶을 추구한다 함은 아마 내 삶의 목적이 이제부터는 순전히 영혼을 정화淨化시키는 일에 전념해야 된다는 의지의 반영이기도 하리라. 아우구스티누스는 "이러 저러한 좋은 것을 버려라. 그러면 그 자체로 순수한 선성善性의 아득한 넓이에 떠올라 머물 것이다."라고 말했다. 세존世尊께서는 『금강경』에서 이렇게 이르셨다. "무릇 모든 상相은 다 허망하니, 만약 모든 상이, 상이 아님을 본다면 여래를 보리라."는 말씀이다. 두 분 다, 형상을 만들어 놓고 집착하기 좋아하는 우리 인간 에고(ego)의 본성을 간파했던 것이고, 또 무상無常한 그 모든 상(모양, 관념, 이미지 등)에 의지할 것 없음을 강조한 것이다.

직심直心으로 이런 이해를 구했다면, 늘 자신의 순수의지를 작동시켜, 어느 상이든 머물게 하는 일이 없이, 그리고 마땅히 버려져야 할 것은 버려져야 한다는 생각에 이르러야 할 것이다. 세존께서 일러주신 바른 생각이란 이런 생각을 바탕에 두고 한 말씀일 것이다. 마음을 내려놓는다는 일도 역시 이런 맥락에 부합하려는 의지에서 나온 행동의 하나라 본다. 자신과 세계에 대한 전적인 수용의 태도는 이러한 삶의 태도를 견지했던 바, 그 자연스러운 귀결로만 보인다.

5. 「설산雪山에 올라」

도道를 물으매 '뜰 앞의 잣나무'니, '똥막대기'라는 등 옛 선사들은 동문서답형의 비선형적인 사고방식을 작동시켜, 학인들에게 '생뚱맞게' 응대하곤 했다. 생각건대 이러한 '논리'는 도라는 것에 대한 제반 관념을 때려잡으려는 방편이었으리라.

문명화된 세상은 대부분 선형적인 사고방식, 다시 말해 이성적 사유나 합리적인 사고방식에 사로잡혀 힘들게 보낸 역사로 이어져 왔다. 도란 어떤 논리나 사유를 통해 터득되는 것이 아닐 것이다. 언어의 의미나 논증을 통해, 도라 하는 '궁극의 의미'를 찾는다고 나서다가는 자못 새로운 병을 얻지 싶다.

도란 우리가 궁극에 돌아가야 할 고향일진데 말을 떠난, 가없는 마음의 세계를 가리킨다고 봄이다. 도는 엄

밀히 말해 도를 이룬 사람만이 알 수 있는 '앎'을 뜻하리라. 무한無限(또는 신神)에 대한 생각의 경우도 마찬가지일 것이다. 무한은 오직 무한만이 알 수 있을 것이고, 신은 신이 되어 봐야 그 본래 모습을 알 수 있는 것 아닌가…… 그런 생각이다.

인간은 무한을 지나는 과객으로서 그 무한의 의미체인, 우주나 신을 인간적으로 나름 채색하는 일에 몰두해 왔다. 그렇다고 해서 인간에게 문제가 있다는 뜻은 없다. 3차원에 국한된 삶을 사는 인간으로서 이러한 의미 추구나 그 지향하는 의도들은 불가피하게 겪어야 하는, 극히 자연스러운 일일 것이다.

그러나 인간으로서 '이해를 구한 것'과 이 우주의 실상과는 큰 차이가 날 수밖에 없을 것이라 보는데, 그것은 아마 우리의 표상작용(mental representations)으로 드러난 이 세계를 두고 '해석'한 것이 우주의 실상이라고 봐야 할 믿을 만한 근거가 없기 때문이다.

일찍이 고타마 붓다께서 설하신 공空사상은 이런 문제에 대한 깊은 통찰을 우리에게 제시해 주셨다. 알다시피 붓다께서는 허망해 보이는 이 삶이 허무가 아닌, 대긍정의 삶이라고 수많은 말씀 가운데 '말없이' 우리를 도우셨으니, 그를 공경하며 찬탄해 마지 않을 수가 없다.